# LOS CINCO PATITOS

NorteSur
New York

# Los cinco patitos

UNA RIMA TRADICIONAL ILUSTRADA POR

## Pamela Paparone

Adaptada por Diego Lasconi y Guillermo Gutiérrez

First Spanish language edition published in the United States in 1997
by Ediciones NorteSur, an imprint of NordSüd Verlag AG, CH-8005 Zürich, Switzerland.
Distributed in the United States by North-South Books Inc., New York 10001.

Library of Congress Cataloging-in-Publication Data
Paparone, Pamela.
[Five little ducks. Spanish]
Los cinco patitos: una rima tradicional / ilustrada por Pamela Paparone;
adaptada por Diego Lasconi y Guillermo Gutiérrez.
Summary: When her five little ducks disappear one by one, Mother Duck sets out to find them.
1. Nursery rhymes. 2. Children's poetry.
[1. Nursery rhymes.  2. Ducks—Poetry.  3. Counting.  4. Spanish language materials.]
I.Lasconi, Diego  II. Gutiérrez, Guillermo.  III. Paparone, Pamela, ill.  IV. Title.
[PZ74.3.P24 1997]
[E]—dc21 96-44511
The illustrations in this book were created with acrylic paint and colored pencil.
Designed by Marc Cheshire

ISBN: 978-1-55858-715-1 (SPANISH PAPERBACK)
7 9 PB 10 8
ISBN: 978-1-55858-716-8 (SPANISH TRADE EDITION)
3 5 7 9 PB 10 8 6 4
ISBN: 978-0-7358-2083-8 (SPANISH BOARD BOOK)
1 3 5 7 9 BB 10 8 6 4 2
Printed in China by Leo Paper Products Ltd., Heshan, Guangdong, December 2010.

www.northsouth.com

A J.O. con amor

Cinco patitos, dando aleteos,
una mañana fueron de paseo.

Mamá pata los llamó.

Pero cuac, cuac, cuac, cuac,

sólo cuatro ella contó.

Cuatro patitos, dando aleteos,
una mañana fueron de paseo.

Mamá pata los llamó.

Pero cuac, cuac, cuac,

sólo tres ella contó.

Tres patitos, dando aleteos,
una mañana fueron de paseo.

Mamá pata los llamó.
Pero cuac, cuac,
sólo dos ella contó.

Dos patitos, dando aleteos,
una mañana fueron de paseo.

Mamá pata los llamó.
Pero cuac,
sólo uno ella contó.

Un patito, dando aleteos,
una mañana se fue de paseo.

Mamá pata lo llamó.

Pero . . .

ningún patito contó.

Una mañana, muy tempranito,
mamá pata buscó a los patitos.

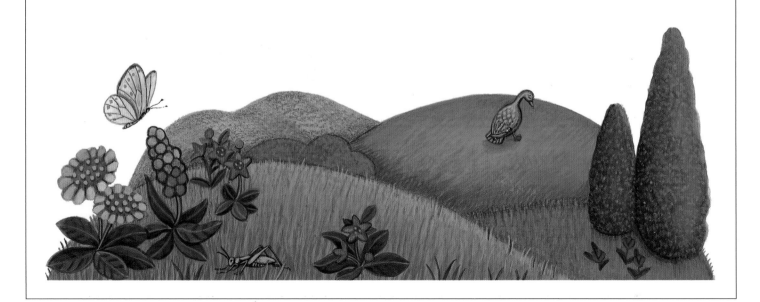

Mamá pata los llamó.

Y muy contenta,
cuac, cuac, cuac, cuac, cuac,
cinco patitos contó.